低飛與遠航

李强　著

HAN BOOK 版 武汉出版社
WUHAN PUBLISHING HOUSE

（鄂）新登字 08 号

图书在版编目（CIP）数据

低飞与远航 / 李强著 . — 武汉 : 武汉出版社 , 2022.10
ISBN 978-7-5582-5473-4

Ⅰ. ①低… Ⅱ. ①李… Ⅲ. ①诗集 - 中国 - 当代 Ⅳ. ① I227

中国版本图书馆 CIP 数据核字（2022）第 167705 号

著　　者：李　强
责任编辑：何小敏
装帧设计：张　翠
封面题字：欧阳江河
出　　版：武汉出版社
社　　址：武汉市江岸区兴业路 136 号　　邮　　编：430014
电　　话：（027）85606403　　85600625
http://www.whcbs.com　　E-mail:whcbszbs@163.com
印　　刷：武汉市金港彩印有限公司　　经　　销：新华书店
开　　本：787 mm×1092 mm　　1/16
印　　张：16.5　　字　　数：320 千字
版　　次：2022 年 10 月第 1 版　　2022 年 10 月第 1 次印刷
定　　价：78.00 元

关注阅读武汉
共享武汉阅读

序

2022年年初，武汉市两会闭幕，年过59周岁，从工作岗位上退下来，轻松自由了，成了时间上的大富翁，健身烹饪、读书写作升级为生活的主旋律。从上大学算起，写新诗43年，有收获有特色，有不满有困惑，如何才能在内容、风格上双向发力，如何才能脱颖而出、化蛹成蝶？心动不如行动，从2022年2月开始，再次“上山下乡”，重回20世纪70年代的阳新龙港，尝试新乡村叙事系列创作，计划赶在60岁生日前，尽量多写一些，写好一些。第一个小目标60首，实现了。第二个小目标100首，实现了。然后“脚踩一块西瓜皮，滑到哪里算哪里”，结果一口气写了188首。最多的一天，3月2日，写了23首。人贵有自知之明，如此超常产量，肯定良莠不齐，无非敝帚自珍，后期需要认真筛选与打磨。

从少年到白头，写新诗43年，走走停停，跌跌撞撞，如人饮水，冷暖自知。在不断学习、借鉴、探索过程中，致力于兼收并蓄、自成一家，致力于言之有物与言之有趣的统一，致力于干净、明亮、温暖的语言呈现。在这一组新乡村叙事中，这些想法体现得比较明显。细心的读者，可能还会读出沈从文、汪曾祺的影子。

《人民文学》2022年第6期以《低飞与远航》为题，发表了其中6首。在此前后，《星星》、《清明》、《四川诗人》、《山西文学》、《中国校园文学》、《长江日报》江花副刊也发表了其中若干首。大致想想，用《低飞与远航》为第六本诗集命名，是合适的。

李强　2022年7月31日星期日

目　录

大地上的家乡

一个人生了好久
才真的生了
偶尔还是一团空气

一个人死了好久
才真的死了
偶尔还会说笑

一个人一个格子
一切的一切
都方方正正的

最不缺的，最不够的
是土地
土地一分为三
种庄稼
盖房屋
埋亲人

2022.02.20

记忆中的小镇

幕阜山，朝阳河，七十年代
木板屋，青石路，千米老街
山间有杜鹃，五月天，漫山红遍
河里水清澈，杨柳岸，少年垂竿
老街上有洋货、有土产、有吆喝、有炊烟
在呼儿唤母声中升起，断断续续，经久不散
有沃野良田，日出而作，日落而息
一成不变，这一说又何止千年
有红薯南瓜，又离不开，又不值钱
有白云蓝天，空荡的舞台，单调的演出
无休无止，要耐心地等呀等呀，才能等来
震耳欲聋的闪电，观光旅行的鸿雁
有香草美人，香草就是兰花、梅花、栀子
花什么的了
邻居们没什么文化，不会用氤氲这个词来形容
只会说好闻好闻，或者说好香好香
至于说美人，就不大好说了
怎么说呢？老家伙心中有老了的美人
小家伙心中有正在长大的美人
如果有一个人被一街人经常挂在嘴上
那一定美得不得了
也一定被泼上名声不好的脏水
你想问，谁是诗人小时候心中的美人吗
我也不会说，我也忘不了

2022.02.20

低飞与远航

纸飞机飞了又飞
飞不出打谷场
吻不到高处的雨燕
低处的蜻蜓
往往十之八九
会撞醒蝴蝶的清梦
高高低低的晒架上
一个菜粉蝶正梦见庄周
一个凤尾蝶正梦见李商隐

纸船顺风顺水
一去不再回头
风平浪静的日子里
会挣脱小伙伴们的视线
顺流而下几十米、几百米
说不定几千米
会依次告别官庄、下陈
星潭、富水
如果运气足够好
会经网湖会见长江
纸船上的蚕爸爸、蚕妈妈
会有一个宏大的葬礼

2022.02.20

梅家河没有梅花

有水，有沙
有鱼，有虾
天上偶尔有鸿雁
偶尔有虹霓
水里偶尔有红鲤鱼
偶尔有红花鳍
素面朝天的梅家河
偶尔会出现奇迹

有挑水的
有挖沙的
有钓鱼的
有发呆的
有寻死的
寻死的少于觅活的
无穷的日子
无穷的难处
想了又想
总有点什么
是值得安慰的

梅家河有柳絮、杨花
麦穗、稻花
没有梅花
梅花那么犟

又那么香
瘦瘦的梅家河
是养不起的

2022.02.20

三角锚是只好猫

不吵不闹
不蹦不跳
不无事生非
汤姆猫似的
不无所事事
加菲猫似的
不吃不喝
不偷吃锅里的鱼
也不偷吃灶里的红薯

春天来了
也不叫春
一副老僧入定样子
比唐僧还唐僧

2022.02.20

看见炊烟

看见炊烟
看见人间

看见温饱
看见常识
看见自觉不自觉
卸下盔甲与面具的人类

2022.02.20

点蜡烛

白天过去了
饭也吃过了
等天黑
天说黑就黑了
点蜡烛
蜡烛一点就亮了

那么大的白天
是别人的
不是我的
这么小的光亮
是我的
不是别人的

2022.02.20

水循环

天上地下
河里井里
水桶水缸水瓢
血水汗水泪水
城里的水泥
乡下的泥水
山那边的网湖
网住了富水

一根冰棒两分钱
一两汗水换不换
双抢的农民想了又想
三五只白鹭飞起又落下

2022.02.20

草绳比比皆是

草绳是草民
又不是草民
它奉主人之命
临时管理草民

扎草，捆草
抖擞精神
押送蓬头垢面的草民
走向陌生旅程

有时捆鱼捆肉
有时捆棉裤棉袄
有时捆着捆着就松了
掉在地上不见了

2022.02.20

黄昏灿烂

远一点，再远一点
落日余晖灿烂
蝙蝠与燕子混为一谈
村东头，村西头
鸡鸣与狗吠
可以与不可以
混为一谈
钟声响了
清楚又嘹亮
山那边的寺院
水这边的校园
混为一谈

炊烟袅袅
义无反顾
奔赴朝圣路上
几春秋，几千年
像爱，复杂又简单
像读书，越读越薄
直到最后一页
被一阵风轻轻带过

2022.02.22

欢乐颂

多有福气的你呀
找一个爱笑的女孩子
做妻子

天亮了，她笑
天黑了，她笑
乌风黑暴，万里晴空
她都在笑
你呀你呀
多有福气的你呀
又有什么理由
不笑呢

2022.02.22

薯粉蛋

点火
等水开
沉下去
再浮上来

一个薯粉蛋
一个梦
一个地球
一个宇宙

薯粉蛋
有婴儿一般脸蛋
有孕妇一般内涵
有山里进贡的
有水里缴获的
有房前屋后开花结果的
形形色色的
碳水化合物
蛋白质
氨基酸
有点油
有点盐
最要命的一点
有点烫

慢点吃，慢点吃
又没有别人抢你的

最伤感的一点
有我的童年
或者换个说法
在黑洞深处
有一点光

2022.02.22

砍苞茅秆

深山出芝兰，出凤凰
出又长又壮的苞茅秆
苞茅秆餐风饮露，风度翩翩
像极了伯夷、叔齐
它们活着不读书
粉碎了可以造纸

唉！文明
贪得无厌的文明

深入深山
访问乡贤
带柴刀
不带聘礼
看，见，砍，削，捆，挑
六味地黄丸
就着山泉吞下
踏着夕阳回家
无悲也无喜
有时肚子饿
有时不饿
有时手上有伤口，有血迹
有时没有

2022.02.22

桑树有三个好处

茴香豆的茴字
有四种写法
桑树有三个好处

嫩嫩的早春
怯怯的桑叶
蚕宝宝的第一口奶
要找，要早
晚了就来不及了

三四月开花
五六月结果
桑葚拖着夏天
一口气奔跑
从绿变红
红得发紫
光阴的故事
成长的荷尔蒙
我爱桑葚

秋天来了
秋天还是来了
高大蓬松的桑树下
走着站着长大了的女生

她们在想什么
她们在讲什么
喊得出名字的
喊不出名字的
她们聚在一起
她们在一夜之间
长成芬芳四溢的大姑娘了

2022.02.22

一　些

一些谷子不安分守己
粘上了沙子

一些蝙蝠发生变异
出没于黎明

四月风调雨顺
天下太平
一些花儿不顾一切
跋涉出深山
守候在路边

午夜时分
闹钟响起
一些人听见了
披衣，下床
开门，出门
自陷于罗网
不安地东张西望

2022.02.23

想起鬼神台

谈到鬼神台
老人们不知不觉
放慢了语速
降低了声音
似乎害怕鬼神们听见了
害怕鬼神们听见了
会有所责怪

巨大的疑问号
摇晃在似水流年
像陨石
从天而降
又像黑洞
吞噬一个又一个噩梦
像不像万花筒
像不像黑旋风
鬼神台
不高不低一座山
声威赫赫一道关

听说久而久之
采蕨的，砍柴的
开荒种地的
都躲得远远的

只有狐狸与乌鸦
清风与明月
胆大包天
倒是时时光顾

2022.02.23

农民的命根子

缺米缺面
无鱼无肉
少油少盐
可以过，可以忍
唯红薯辣椒不可少
农民呐农民

有红薯，还有辣椒
有土地，还有空气
有阳光，还有雨水
农民呐农民
弯腰讨生活的乡亲们
偶尔抬一抬头
看见了什么
山上有路，河里有桥
路边与桥下绿油油的
绿油油的红薯藤、辣椒叶

2022.02.23

草船借箭

说穿了
这是富人的游戏
跟穷人没关系
富人饱暖思淫欲
搞什么借箭
借荆州
借巴蜀
借天下
没有借成
最后运气差了点

人穷志短
马瘦毛长
穷惯了的街坊邻居
只晓得借米借柴
借油借盐
借五角钱半斤粮票
借火
一借一大圈
偶尔也有胆大的
借春风一度
这个就不往下说了
当事人都爷爷奶奶了
一个个慈眉善目的

2022.02.24

柴米油盐酱醋茶

开门七件事
柴米油盐酱醋茶
说的是他们
不是我们

我们哪有茶喝
做梦娶媳妇
想得美呢
房前屋后
山旮旯
巴掌大一块地
只种吃的
不种喝的
不种茶
茶是资产阶级的

只有逢年过节
招待远方客人
才有米泡茶喝的
再加一调羹红糖
香喷喷的
来的人肯定不一般
一定又是贵客又是稀客了

2022.02.24

酱油汤也是汤

酱油也是油
酱油汤也是汤
在网湖
鱼虾龟鳖浮浮沉沉
天鹅豆雁飞起飞落
可惜不能尝尝
只能看看
只能喝酱油汤
就糙米饭
一群中学生
在四十六年前

说苦差不多吧
说难就过头了
其实呢
酱油汤配糙米饭
是蛮般配的
就像开门配办学
茅屋配竹床
锄头配扁担

2022.02.24

有关粑的回忆

龙港有大众
大众有大众食堂
大众食堂卖粑
一个拳头大小
半个地球形状
5 分钱，2 两粮票
一手交钱，一手交货

吴高才的妈妈
就工作在大众食堂

大众食堂芳香四溢
芳名远扬
有福不晓得享
有钱不晓得到龙港
龙港有山有水
有什么稀奇的
龙港有大众食堂
大众食堂有粑吃

配不配榨菜、大头菜
发神经吧
撞你的大头鬼

最后说明一下
粑就是馒头
名称不同
实质一回事

2022.02.24

望梅止渴

说风说雨
三说两话
说到机械化
说犁地耕田不用牛
插秧割谷不用手
碌碡、连枷、簸箕什么的
统统下岗休息
说不急
最迟
迟不过 1980 年

我们那个喜呀
我们那个盼
整个 70 年代
喜着盼着过去了

2022.02.25

在大山深处

水牛像农民
黄牛不像

水牛好脾气
好耐力
有口吃的就行
不挑食
不跟艰苦奋斗过不去

黄牛不行
又挑食又怕累
左看右看
不像是当家壮劳力
倒像是个客人
又像是个游人

2022.02.25

安乐薯

安乐薯不是白薯、红薯
西施不是东施

安乐薯红皮、白肉
皮那个鲜红
肉那个嫩白
一口咬下去
一口汁水
比苹果、梨子还好吃
穷山沟的滋味
至今还有回味

安乐薯去了哪里
白鳍豚去了哪里
刘若英的歌声
不绝于耳：后来
我总算学会了如何去爱
可惜你早已远去
消失在人海

2022.02.25

黄荆条

一般来说
黄荆条人畜无害
自由自在
瘦精精的
病恹恹的
斧头柴刀走过路过
根本不把它放在眼里

不过话说回来
十根黄荆条中
总有一两根
长得怪好看的
这就没办法了
工人老大哥的柳条帽
需要它哩

长得怪好看
有时是福分
有时是灾难
王昭君出塞和亲
快到了
想清楚了

2022.02.25

一调羹猪油

一猪、二麻、三花、四荼
一调羹猪油
乖乖！一调羹猪油

么斯土豆烧牛肉
么斯每只锅里一只鸡
鬼款！一调羹猪油
加在菜里
加在汤里
加在热烘烘的钵子饭里
乖乖！才是现实的

乖乖！几有钱呐
几舍得己呐
几有福气呐

2022.02.25

吃豆腐不吃黄豆

不吃炒黄豆
不吃煮黄豆
不吃青黄豆
在饥荒年代
青黄不接时
吃不吃青黄豆
朋友，你想想吧

我们吃豆腐、豆腐干
豆腐泡、豆腐乳、豆腐渣
当然是过年吃
不过年不吃
当然不是不想吃
朋友，你想想吧

2022.02.25

揍冷锤子

别人打架
我打别人
美其名曰
揍冷锤子

穷山恶水出狠人
服不服
不服不行

揍冷锤子
要快
要机灵
像狮子捉斑马
长距离奔袭
怕是不行的
像老虎捉野猪
贵在出其不意

落空了
那个沮丧
落实了
那个欢喜
比凭空捡到五角钱
还要欢喜

这个故事告诉我们
到龙港街上打架
风险太大
潜在风险远远大于
现实风险

2022.02.25

气急败坏

吴婆婆气急败坏
左手持砧板
右手舞菜刀
一口气冲到
洪水淹没的梅家桥
朝着空无一人的梅家山
又叫又骂
直到声音嘶哑

剁头崽，切头崽
切得尾巴只个甩

说明如下
吴婆婆菜园在梅家山
发大水了，贼上山了
菜园的黄瓜不见了

这个故事告诉我们
月黑杀人夜
风高放火时
发大水不偷黄瓜
更待何时
只是一定要有
被追查痛骂的心理准备

2022.02.25

天不怕地不怕

不怕神不怕鬼
不怕毒蛇猛兽
不怕坏人
坏人怕好人

不怕苦不怕累
不怕开荒修水利
不怕热不怕冷
无非咬牙切齿
终归死不了人

不怕吵嘴打架
不怕流汗流血
不怕儿子不听话
不听话？好说
比比你的嘴硬
还是老子的拳头硬

不怕汽车
汽车来了我不怕
我跟汽车打一架
吓得汽车按喇叭

2022.02.25

在美丽乡村见到印子粑

糯米给它肉身
鸟兽给它袈裟
贫穷给它深情
春节与元宵
给它镀上一层金与银

白嫩嫩的
软绵绵的
热乎乎的
印子粑
比太阳可靠
比月亮亲切
比米饭面条更黏人
万水千山走遍
印子粑偶尔闪现
泛起若明若暗微澜

那些灶火
那些亲人
那时的幸福
去了哪里
精包装的印子粑
近在咫尺
隔了半个世纪

2022.02.25

上学经过榨油房

油菜籽进了榨油房
肯定是不情愿的
又碎又蒸又箍又挤
超生一次
死了四回

仔细说起来
油菜籽骨头很硬的
上刑上了几个钟头
才录了一丁点口供

杠上了，杠上了
上刑的与受刑的
杠上了
你死我活的关系
确实没有妥协余地

湿漉漉，油渍渍
热腾腾，轰隆隆
上学经过榨油房
深呼吸，偷吸一口油气
再偷吸一口油气

2022.02.25

莒兄弟很不服气

莒兄弟献身龙港
做到了 100 分
被蒸，被烤，被生吃
有时削皮
有时不削皮
被晒成干，被磨成粉
被遗弃在山坡
被囚禁在山洞
没有罪名
不经审讯
莒逆来顺受
不哭不闹
不上诉
也不越狱

龙港呐龙港
莒藤上的龙港
没有莒
就没有招
连只昆虫都不如

奇怪的事
奇怪的是
龙港人又离不开

又瞧不起
我不跟你说了
你这只茗
你这只蠢茗

茗兄弟很不服气
换作你
你也不会服气的

2022.02.26

有些茅草根是甜的

有些茅草根是甜的
有些苞谷秆是甜的
有些山泉水是甜的
我试了又试
从漫山遍野的苦涩中
试出了甘甜

有时背人
有时不背人
不告诉爸爸妈妈
不告诉姐姐

有些眼神也是甜的
某年某月某日
在彭杨学校操场上
你踮起脚
给我系红领巾
你的眼神
就是甜的

2022.02.26

狗尾巴草，鸡冠花

房前屋后，纵横阡陌
狗尾巴草，鸡冠花

老人归山，新娘出嫁
狗尾巴草，鸡冠花

雨后初晴，钟声响起
狗尾巴草，鸡冠花

看也看不见，忘也忘不了
狗尾巴草，鸡冠花

2022.02.26

扫帚扫个大概

扫帚扫垃圾，扫灰尘
不扫分子、原子、微生物
扫帚扫个大概

扫地上，不扫天上
不扫头脑中残存的
封资修思想
不是不需要扫
是扫不进去

扫屋内，有时扫屋外
凭心情好坏
不扫大街
大街上有雨洗、风刮
大太阳蒸发
又免费
又免体力

扫帚扫个大概
不扫大街
扫大街是骂人的

2022.02.26

贫穷丰富了想象力

牛讨厌牛栏
猪讨厌猪圈
鸡讨厌鸡笼
鸭讨厌鸭舍
蚊子讨厌蚊帐
蚊子一文不名
蚊小鬼大
不是讨厌
是痛恨

公蚊比较怂
生闷气
躲在草丛中
母蚊比较凶
都要临产了
饿着肚子怎么行

萤火虫也痛恨蚊帐
臭小子！你真行
你仰望星空
就到户外呀
捉我进来干什么

2022.02.26

彭杨学校回忆

荷塘
水稻田
油菜花地
冬青树手挽手
挽住青葱岁月
跳一曲青春圆舞曲
为来往武汉与南昌之间
南腔北调旅客送行

教室、黑板、玻璃窗
光线明明灭灭
语文老师刘道国
数学老师肖萍香
从一年级到五年级
都是他们教的吗
下回回龙港
问问他们
他们还住在老街上

大礼堂富丽堂皇
一边一幅画像
记录浴血荣光
左边是彭湃烈士
是个长脸

右边是杨殷烈士
是个圆脸
他们穿过腥风血雨
来到太平盛世
坚定，沉静
藏不住的欣喜

还有夯土的操场
烧柴的食堂
咯吱咯吱的阁楼
阁楼是个联合国
狭窄处住麻雀、喜鹊、燕子
宽敞处住乡下同学
一般有五六十个吧
它们与他们
是朴素的
友好的
和平相处
相互尊重
主权与领土完整

2022.02.26

龙港高中回忆

在无名山坡上
在梅家山怀抱里
就是不清楚
这个野小子
是梅家山亲生的呢
还是梅家山领养的呢

像一篇散文
像一篇杂文
又像一篇记叙文
时间、地点、人物
是清清楚楚的
教室与食堂
操场与宿舍
各就各位
梨树、桑树、枇杷树
水竹与冬青树
各就各位
偶尔交头接耳
不犯大的错误

不像一首诗歌
这座无名山坡
长牛筋草、马鞭草、狗尾巴草

不长鸡冠花、凤尾花
不长杜鹃花
当地人称满山红

2022.02.26

数理化及其他

吴老师沉默是金
讲数学讲几何
三七二十一
一遍教清楚
不教第二遍

周老师潇洒哥
人帅，板书帅
会扣篮
会高唱《国际歌》
物理清清楚楚
世道人心有点糊涂

江老师背着手
踱进教室
边打嗝
边默写化学方程式
昨晚宵夜的狗肉
尚未完全消化

教语文的，教生物的
都是刘老师
都说武汉话
我在武汉生活四十年了

都不如他们当年说得好

后来我上了大学
后来我当上了大学校长
后来又后来
一次又一次想
如果吴、周、江、刘老师
站在大学讲堂
会焕发出多么大的光芒

2022.02.26

蔸子火记

戴花要戴大红花
烤火要烤蔸子火

蔸子火火大，省事
特别经烧
火上架一个三角锚
灰里埋红薯，埋糍粑
火边围几个老的少的
老的讲几段鬼故事
少的又想听，又怕听
把自己捂得紧紧的

如果正好有北风经过
把门窗拍得呼呼地响
如果盼了又盼的一场雪
终于下下来了
如果他们都睡去了
你一个人
就着火光翻书
翻过来翻过去
想想吧，朋友
那是种什么感觉

2022.02.27

水土不服

他们随便喝生水
你一喝就拉稀
他们随便吃生黄瓜、生萝卜
你一吃就拉稀

插秧割谷
蚂蟥也只叮外地人
你扯也扯不落
拍也拍不脱
秀才遇见兵
有理说不清

是水土不服
还是不服水土
一开始
你不服气
久而久之
你落地生根
脱胎换骨

2022.02.27

小一点

鳑鲏比鳊鱼小一点
豆娘比蜻蜓小一点
苍耳比刺猬小一点
刺猬怕人
苍耳不怕人

斗笠大的山坡地
比江汉平原小一点
小一点就小一点
也可以种红薯玉米
白菜青椒
也要好好珍惜

2022.02.27

绿水青山

很好的
很好的一大片
一眼望不到边
过了一条河
还有一条河
过了一座山
还有一座山

山这边，河那边
都有狗尾巴草
都有鸡冠花
都有高高低低的风不止
拉扯云朵与炊烟
都有好日子
覆盖了坏日子

2022.02.27

励志故事

有一天
猪妈妈鼓励猪八戒
好好努力
不要泄气
总有一天
你会娶上嫦娥姐姐

不要不信
你看癞蛤蟆
确实吃上了天鹅肉

有一天
癞妈妈鼓励癞蛤蟆
好好努力
不要泄气
总有一天
你会吃上天鹅肉

不要不信
你看猪八戒
确实娶上了嫦娥姐姐

2022.02.27

现实女儿国

一对夫妻拼命生
生了一个又一个
结果又如何呢

街上有虞姓兄弟
打铁打铜
拼命生
大虞生了 9 个女儿
小虞生了 10 个女儿
一时间传开了
越传越远
成为两省三县传奇

19 个女儿
结果又如何呢
有没有王昭君
有没有穆桂英
有没有居里夫人
不清楚
只清楚一点
一个个都长大成人了

2022.02.27

吃红薯要吃白萝卜

吃红薯要吃白萝卜
一个胀气，一个通气
红的配上白的
也很养眼的

宇宙自有宇宙出口
穷人自有穷人活路
红薯配上白萝卜
吃了又种，种了又吃
子子孙孙
是享用不尽的

2022.02.27

八分钱算术

八分钱等于伍分加贰分加壹分
等于贰分加贰分加贰份加贰分
等于壹分加壹分加壹分加壹分
加壹分加壹分加壹分加壹分

八分钱等于半斤盐
等于一斤酱油
等于一包大红花香烟

八分钱等于飞跃大队
一个劳动日
一个工分

2022.02.27

米汤轻轻摇晃

似粥，不是粥
是米饭的先遣队
前来看望并安慰
饥肠辘辘的人类

有点烫，有点晃
有薄薄一层膜
可以吻开，可以吹破
可以小口小口喝下去

茶水端给客人
米汤留给亲人
留下一瓢半碗
用来浆被单衣裳
用来挽留新鲜阳光
栖息在破旧的纤维上

2022.02.27

看小人书

口袋可以装下
巴掌大的乾坤
孙悟空翻筋斗云
翻不出如来佛手掌心
大英雄小无赖
仿佛七星瓢虫
我仿佛格列佛
十分钟周游世界
比到菜园摘一根黄瓜
还要简单

好人好
多看几眼
坏人坏
用红墨水打叉叉
美人美
有点像同座女同学
上课的时候
左顾右盼
下课回家路上
有点心不在焉

2022.02.27

南瓜顶呱呱

黄瓜、丝瓜
笋瓜、冬瓜
香瓜、西瓜
瓜瓜都是好瓜
统统不如南瓜
南瓜顶呱呱

南瓜不择水土，不占耕地
荒山荒坡，皆可安家
嫩南瓜可以当菜
老南瓜可以当饭
老南瓜放在灶房
一放半年不烂
越放越香，馥郁芬芳
跟年份茅台一样

南瓜也有缺点
憨憨的不好看
别个长一张瓜子脸
它长一张南瓜脸
太丑了！黄鼠狼也不啃
贼也不偷
如此说来
缺点缺到顶点

竟变成优点

南瓜顶呱呱
农民喜欢它
阎王爷喜欢它
阎王爷心一软
放过了李世民
想起了顶呱呱
原话如下
我处颇有东瓜、西瓜
只少南瓜

2022.02.27

老　街

老街有多老
青石板照得出人影
青苔滑得像冰
青砖上刻着花纹
大的是鸟兽
小的是虫鱼
也不清楚是清朝的
还是明朝的

工匠们辛苦一生
留下了文明
没留下姓名

青石板躺着
杉木板站着
老街方方正正
保佑一方生活
青石板穿青衣
杉木板穿红衣
从暗红穿到浅红
直到斑斑驳驳
像雨水冲刷的沟壑

2022.02.28

坐井观天

坐井观天
读天书的一种
你老了，你倦了
你暂时或永久
退出一线了
你坐井观天
你欣欣然

陶渊明是你的知音
泰戈尔是你的知音
井里的鱼与虾，龟与蛙
看起来也是
那份恬淡那份漠然
比你还要自然而然

2022.02.28

参观免费

打铁打铜
做糕点冰棒
扎竹椅竹床
修鞋修自行车
可以围观
可以发表不同意见

可以看杀猪
白刀子进去
红刀子出来
嚎叫声惊天动地
未成年人屏住呼吸
喉咙为之一紧

不可以看手术
不可以看接生，看结扎
闻讯赶来的乡亲们
顾不了那么多
一时间
窗子上玻璃外
趴满了绿头苍蝇

2022.02.28

盐

看了《闪闪的红星》
看到了盐
有盐无所谓
一角四分钱一斤
没盐就惨了
同学们纷纷表示
今天的幸福生活
确实来之不易

学了初中化学
学到了盐
某同学兴致勃勃
来到供销社
掏出一角四分钱
挑衅营业员
买
买 500 克氯化钠

2022.03.01

龙港话

确实土
土得掉渣
可以兴
可以观
可以群
可以怨
可以鉴别本地人外地人
一分钟泾渭分明

不可以演话剧
不可以当律师
不可以教数理化
说不清楚的

可不可以教广播体操呢
没试过
只怕不行
只怕没比画几下
一个个笑趴下了

2022.03.01

怕就怕认真二字

我会吹笛子
好！吹一段《扬鞭催马运粮忙》

我会拉二胡
好！拉一段《赛马》

我会唱歌
好！唱一段《赞歌》

我家里有事
我先走了

好！我没事
我等你

2022.03.01

知识青年

从武汉来
说武汉话
油腔滑调的
说热干面欢喜坨
说六渡桥三民路
说好多好多稀奇事
一桩桩一件件
我们都感兴趣的

他们爱不爱劳动
不知道
不感兴趣
我们一样挣八分钱工分
吃红薯
就白萝卜
他们有没有知识
不知道
不感兴趣
他们又不是老师
又不教数理化

2022.03.01

学好学坏都不容易

跟好人学好人
跟麻雀学飞行

麻雀并不简单
飞行过于复杂
不如学电影里的坏人
油嘴滑舌说话吧

这个并不困难
只要多看，多练
实践出真知
斗争长才干嘛

至于学到惟妙惟肖
当然非常困难
智商达不到 100 的
二两棉花不弹

2022.03.01

远方来信

白纸黑字
清清楚楚
粮食够吃
钱够用
身体还可以
日子过得下去
你呢
你家里呢

有时寄钱寄粮票布票
有时寄花寄草
有时寄照片
老人孩子的
同学战友的
随便传随便看
对象的秘而不宣
有时寄一滴泪一滴血
这个更是绝对隐私

有些信看了就烧了
慌慌张张的
有些信锁在抽屉里
存在箱子里
看了又看

一年一年过去
人渐渐老了
看的次数
渐渐少了

2022.03.01

外面的世界

扁豆不叫扁豆
叫蛾眉豆
番茄不叫番茄
叫西红柿
猕猴桃不叫猕猴桃
叫奇异果
冰棒就冰棒好了
又分冰棒、雪糕
一种一根两分钱
一种一根三分钱

本地的黄瓜是黄的
外地的黄瓜是绿的
上了一层绿油漆
过马路就抬腿吧
又要等红绿灯
又要走斑马线

豆腐脑不叫豆腐脑
叫豆花
看花了眼
花在哪里呢
找对象不叫找对象
叫谈恋爱

谈什么谈
男大当婚
女大当嫁
又不是谈生意
又不是弹棉花

作者不叫作者
叫作家
写作不叫写作
叫创作
哈哈！我知道了
我骄傲
我正在创作一首诗

2022.03.01

叶落归根

在城里是个愿望
在乡下是个现象
城里人南腔北调
形形色色
他们的根的根的根
根本说不清楚
勉强说清楚了
根本没有意义

在简单的乡下
事情变得简单
乌柏树与银杏树
柏树与松树
一户一个宅子
一户一个宅基地
叶子爬上去
叶子落下来
只在春秋之间
不可能拖得太久
不可能走得太远

高等动物
也不过如此
山上有祖坟

山下有族谱
叶落归根
归根结底
你又不是孙悟空
又能逃到哪里去

也有零星例外
也有送人的
也有入赘的
也有隐姓埋名下落不明的
青山处处埋忠骨
也埋反骨

2022.03.01

雷鸣电闪即景

老天爷黑着脸
祭出两件法器
雷公电母
一个发脾气
一个挥鞭子
有时同台演出
有时轮流出场

孩子与病人胆战心惊
坏人怕遭报应
成年人故作镇定
老人打个机灵
快！快
快关门关窗
不许大声说话

狗也不吠了
鸡也不鸣了
猪也不摇尾巴了
牛也停止反刍了
大自然按下暂停键了
梅家河踉踉跄跄
低头赶路
雷鸣时走慢一点
电闪时走快一点

2022.03.02

发大水了

雷公电母发一声喊
乌风黑暴凶神恶煞
大山里的水
沟渠里的水
水库里的水
一齐造反了
杀向区里来了
杀向县里去了
低处的稻田
河边的菜园
梅家山脚下的自留地
统统沦陷了
老街也进水了

我们兴奋呀
我们兴冲冲地
打赤脚，卷裤腿
蹚水，从街头到巷尾
探索陌生化土地
雷锋叔叔及时出现
指指点点
小心，小心
前面有个深坑

吴婆婆也出场了
吴婆婆奋不顾身
左手握砧板
右手舞菜刀
咬牙切齿
大声咒骂偷黄瓜的
她骂她的
她的儿孙们
她的邻居们
不拉也不劝

低处的彭杨学校
高处的龙港高中
也沦为孤岛了
老师们心安理得
发呆，串门，睡懒觉
周老师不打球，不下棋
忍无可忍
引吭高歌一曲
《小小竹排江中游》

2022.03.02

上学路上杨柳成行

上学路上
杨树站得笔直的
柳树姿势随意
杨树是个战士
守护一方土地
随时准备出发
柳树是个小村姑
她爱此山此水
不情愿远走他乡

起风了
杨树叶沙沙作响
一会儿轻声歌唱
一会儿热烈鼓掌
柳树叶一会儿羞涩
一会儿狂野
时不时抽打到少年
少年身上脸上不痛
心里怪痒痒的

2022.03.02

燕子姑娘

特别好的小姑娘
才配叫燕子

不胖，不瘦，不懒
不穿奇装异服
不刻意梳妆打扮
浪费太多时间
一大早出门
天一黑回家
不让家里人操心

不早恋，不晚婚，不丁克
一只小燕子
一对小燕子
一窝叽叽喳喳的小燕子

向阳的宅子
开花的院子
行善积德的好人家
一年又一年
一辈又一辈
招来了燕子

2022.03.02

泥鳅钻豆腐

是不是特别过瘾
是不是特别美味
特别具有想象力

乡下人坐井观天
天上空荡荡的
就钻牛角尖
譬如泥鳅钻豆腐

泥鳅钻豆腐
理论上是可行的
见也没见过
尝也没尝过
未必太麻烦了
未必太残忍了
坐井观天的人笑一笑
不思考
也不回答

2022.03.02

蒸饭蒸菜

又方便又简单
一两个炊事员
可以对付一校学生

不对付老师
老师吃小灶
菜是炒的
不是蒸的

干菜可以蒸
青菜也可以蒸吗
你以为呢
一把菜
几勺水
几滴油
几粒盐
你吃不吃
你不吃算了

刘道富平时装穷
蒸菜时露富了
他加的不是菜油、麻油
是一调羹猪油

2022.03.02

翻筋斗

翻筋斗
不是摔跟头
一个主动
一个被动
一个出风头
一个出丑
你莫混淆了

孙悟空翻筋斗云
我们翻筋斗
我们只练侧翻
草地上沙滩上
秋收后的稻田上
都是可以练习的
成功的概率不高
一次成功的寥寥无几

前后翻筋斗
像演杂技似的
难度更大
一两个胆大又灵活的
试了又试
也没有成功过

翻不好筋头
就安心修地球吧
78 届 200 个同学
不离此山此水
踏踏实实生活
日子越过越红火

2022.03.02

跳房子

跳房子
心要静
眼要明
手脚要灵活
赢了哈哈一笑
输了不难过
输了又有什么呢
输了比赛
赢了友谊

跳房子
不能出格子
可以慢一点
可以笨一点
不可以出格子
一出格子
就一票否决了

2022.03.02

砍倒了一棵大树

小伙伴的节日
来了
来了也不发个预告
砍倒了一棵大树

可能是杨树、柳树
可能是杉树、樟树
不是松树
松树松松垮垮
先天不足
后天失调
长不成大树的

一棵大树
垂直于地球
见得多了
平行于地球
倒有些新鲜
可以钻来钻去
钻防空洞似的
可以骑上去
骑马骑牛似的
可以折柳树枝
可以摘杨树叶

这些都是不错的玩具
可以与樟树脸贴脸，深呼吸
芳香的气息
沁入肺腑深处

过些日子
可以给杉树刨皮
杉树皮一刨一大堆
放干了
可以引火的
木材收购站
一般并不干涉

2022.03.02

滚铁环

你们抽陀螺
我们滚铁环
你们骑自行车
我们滚铁环
你们开拖拉机开汽车
我们滚铁环

太阳推着地球转
地球推着月亮转
我们推着铁环转

街上人多路窄
快不起来
上坡有点费力
下坡有时脱环
路过彭杨学校时
我们越滚越快
飞一样奔跑起来

作业又没做，作文又没交
被班主任看见了
那还得了

2022.03.02

伸手就是学问

捉泥鳅要有耐心
捉黄鳝要上下其手
捉蝴蝶与蜻蜓
要屏住呼吸
捉螃蟹与王八
要夹后背夹肚皮
不要捉钳子捉嘴
总有些愣头青
不吃亏不知道好歹

徒手徒脚
不要去捉狐狸
惹不了一身骚
倒惹一身笑话

至于捉贼捉赃
捉奸捉双
难！难于上青天
没有金刚钻
就不揽瓷器活吧

2022.03.02

赤脚医生

赤脚医生
赤脚的都是医生

草木灰止伤口
苔藓也行
马齿苋治拉肚子
车前草治蛤蟆气
流鼻血了
抬头
用冷水拍脑门
轻轻拍
拍到不流血为止
蚂蟥咬上了
轻轻拍
拍下来为止

刺扎进肉里
拔是拔不出来的
用缝衣针
或者用大头针
细细地挑出来
不要急
不要怕痛
长疖子了

化脓了
挤一挤
挤出来就好了
再上一点红药水、紫药水
好得会快一点
没有也就算了

肚子饿了
紧裤腰带
再饿再紧
实在受不了了
就喝一茶缸冷水

2022.03.02

捡茶树籽

勤工俭学活动
不怕苦不怕累
是必需的
眼疾手快
是必要的
虎视眈眈的不是别人
是松鼠与果子狸

过沟过河，翻山越岭
野生的山茶树
野惯了的山茶籽
我们在明处
它们在暗处
扫荡来扫荡去
扫到一小群漏网之鱼
装进竹篮里
蹦蹦跳跳的

如果运气好
扫到一大堆呢
男生就脱长裤
充当临时仓库
女生就在旁边帮忙
把口子扎紧
脸不红心不跳的

2022.03.02

小心吃大声唱

小心吃饭
莫急吼吼的
汤热
鱼有刺
饭里有沙子

小心吃亏
不听话
以后吃亏的是你
又不是我

小心吃生米的
害人之心不可有
防人之意不可无
人心隔肚皮呢

小心吃花生米
你再乱来
再不学好
吃花生米是早晚的事

2022.03.02

繁花似锦

在菜园
在农家小院
木槿花踮起脚尖
一小朵一小片
粉嫩嫩的
不似锦
似小姑娘头上的蝴蝶结

兰花稀少
九节兰更稀少
躲在密林泉边
度过青春年少
不似锦
似官庄的陈早香

二月至三月
似锦的繁花开了
田里的紫云英呀
三月至四月
似锦的繁花开了
地里的油菜花呀
四月至五月
似锦的繁花开了
满山遍野的红杜鹃呀

南风梳过河流山川
繁花们纷纷嫁人啦

春回江南
繁花似锦
瓢虫、蜜蜂、布谷鸟
纷纷出来活动了
拎着扛着的乡亲们
纷纷出来活动了
他们活在画中
美滋滋的
一幅画，又一幅画
活在他们眼里与魂里

2022.03.02

游山玩水

山，开门见山
除了过年过节
除了四至五月
杜鹃花开了
漫山红遍
徜徉其中
一个个心旷神怡
除了五月六月
枇杷熟了
黄澄澄的
无人收无人管
平时我们想好了上山
与生活有关
与娱乐无关

水，无穷无尽的水
从天上来到大海去
路过龙港
被肆意截留
用来喝用来洗
用来浇灌庄稼与菜园
用来养鱼养虾
养鹅养鸭子
养本事

一拨又一拨
把旱鸭子养成水鸭子
不养眼
不养浪漫
没想过没试过
没有那个闲工夫

2022.03.02

鸡犬不宁

黎明时分
鸡叫狗子不叫
狗子十有八九
在睡懒觉
梦见了一大块骨头
在流涎呢

陌生人走近了
也不一定是贼
狗叫起来了
恶狠狠的
夹杂警告与威胁
鸡呢？鸡不帮腔
母鸡在野地觅食
公鸡在打母鸡主意

2022.03.02

山穷水尽

如果有那么一天
山穷水尽
你怎么办

往西走
有更大的山
有幕阜山
往东走
有更大的河
有长江

我是说
遇到大饥荒
你怎么办

靠山吃山
靠水吃水
吃死鱼烂虾、红薯南瓜
吃树皮草根
总不至于吃观音土

那是那是
总不至于

2022.03.02

良药苦口

譬如治疟疾
口服奎宁丸子
你小
你犹豫
你一口没吞下去
你无辜的唾液
融化了糖衣
那个苦呀
我苦于表述
如果你想知道
不如大胆试试

小满吃苦菜
下火又下饭
焯完了水
焯不干净苦味
饕餮之徒踊跃
不会半途而废

当时在乡下
哪里会有甘蔗
我们吃高粱秆、苞谷秆
一根一根试吃
一节一节试吃

寡淡，涩口，苦
我好吃，我坚持
哈哈！苦尽甘来
尝到甜头了

2022.03.02

群山环抱

我们是放心的
是衣食无忧的
甚至是桃花源的

群山环抱
我们是亲生的
不是抱养的
不是无家可归的
人住在山下
鬼住在山上
有时人想鬼
有时鬼想人
见面了点点头
不说话

群山环抱
高山环抱低山
低山环抱山谷、溪流、村湾
抱了几百几千年了
不挣脱
也不松开
一种爱海枯石烂

2022.03.02

天高云淡

天高云淡
膨胀了时间
膨胀了空间
膨胀了少年
他开始多愁善感
开始与现实
拉开一小段距离

苦了鸿雁
苦了炊烟
向往的天堂
变得遥不可及

2022.03.02

层林尽染

风水是称职的染发师
他出身草根
自学成才
创作时随心所欲
信手拈来
他讲究印象
不是印象派来的

层林尽染
染山林
染村湾
染心情
秋天来了
田野空了
鸿雁路过飞远了
是时候登上山顶了

2022.03.02

峰回路转

一根鸡毛飞上了天
盘盘旋旋
又落到母亲身边

一片雪花
一滴雨水
一滴露水
谁是谁的今生
谁是谁的前世

游子回乡
浪子回头
峰回路转
袅袅炊烟
一阵风胡乱翻书
一会是后几页
一会是前几页

2022.03.02

未雨绸缪

要快
不要偷懒
瓦屋顶茅屋顶要检漏
亮瓦破了要换
窗玻璃缺了
插销断了
也要换
不要漏了牛栏猪圈

斗笠蓑衣要找出来
要一件件检查
锄头松了没有
铁锹把断了没有
煤油灯里有没有煤油
乌风黑暴之时
最有可能停电

还好还有时间
到田间地头转转
给倒春寒一点阻挡
给娇嫩一点保障
给成长一点力量
给夏秋多一点希望

雨水要来了
雨水连绵不断
来自富河以东
幕阜山以南
布谷鸟呢
一大群布谷鸟
已经来了
今天它们沉默
明天
最迟后天
会不约而同
纵情歌唱春天

2022.03.04

水落石出

石头之所以成为石头
无非一个犟字
不风化不瓦解
不听调更不听宣

山岭上的石头
冒犯天条
落难发配到水里
变得更犟
更不通人情世故
不随波逐流
不泥沙俱下
不与妃子们玩玩打打
不理会唇枪舌剑
千娇百媚温柔

故事还是老一套的
结局仍然如此
水落石出了
水早不是那水了
石头还是那石头

2022.03.04

熟能生巧

开车车要省油
用牛牛要省力
抄作业不能全部抄对
打针要针锋相对
一针见血
屁股再粗糙再麻木
耐痛耐不过鞋底

农活累
累不过上水利
光明正大偷懒
估计是个惯犯
经验告诉我们
救命菩萨不是观世音
是香烟
是八分钱的大红花
一毛二的大公鸡
不是游泳烟
抽游泳烟的
只用自来水笔
不用锄头扁担

2022.03.04

有朝一日

我要吃大米白面
吃鱼吃肉
岔开吃
不吃红薯
吃红薯吃伤了

我要当乡邮员
有商品粮户口
每月有工资发
有免费自行车骑

我要揪住那个仇人
痛打一顿
打得他满地找牙
不停喊我爸爸

我要逛汉口
逛黄鹤楼
站在黄鹤楼上看翻船
它翻它的
我看我的

2022.03.04

风中凌乱

鸡毛飞上了天
鸡无语
鸡毛喜不喜欢
茅草飞上了天
是狂欢还是背叛
考验的时刻到了
发卡与橡皮筋
绷紧神经
似乎乱了方寸
流言蜚语会不会
一再打击
瘫痪在床的病人

窗子没关
玻璃碎了一地
窗子关了
心碎了一地

2022.03.04

吃糖果记

慢吞吞的
不是急吼吼的
剥开包装
先看
再闻
再舔
再尝
是你的
着什么急呢
幸福来得不容易
囫囵吞枣怎么行呢
你又不是猪八戒
囫囵枣怎么行呢

舔了又舔
尝了又尝
甜蜜的滋味
尽可能延长
说说你自己吧
想当年
吃完一颗糖果
花了几天几夜

2022.03.04

化学反应

物理与化学
周老师与江老师
一时瑜亮
难分伯仲

江老师不这么想
物理反应改变形状
化学反应改变性质
而且还会产生新物质

刘同学不这么想
咸蛋是物理反应
皮蛋是化学反应
反应来反应去
还是咸蛋好吃

江老师彻底怒了
你！你爸爸老实
你妈妈老实
你兄弟姐妹老实
就你一个人不老实
你就是化学反应结果
而且是操作失误的
化学反应结果

2022.03.04

一般不谈金子

一般不谈金子
偶尔谈一句两句
总是小心翼翼
总是欲言又止
谈不到关键处
只听说呀
谁也没见过
谁都怕招灾惹祸

一般不谈金子
谈铁匠铺
不谈皇帝
谈诸葛亮
不谈老虎
谈野兔野猪
不谈凤凰
谈野鸡家鸡
不谈太阳
谈鸡蛋
鸡屁股底下有银行呀
是的是的
是有银行

一般不谈金子

想不想呢
翻开花名册
一粒又一粒金子
蹦蹦跳跳的
比银铜铁锡之类
多上好几倍呢

2022.03.04

胸有成竹

从小到大一直到老
无论贫富贵贱
饭菜离不开筷子
乡下人离不开竹子

宁可食无肉
不可居无竹
苏东坡说的
虚虚实实真真假假

箢箕与扫帚
箩筐与扁担
操持温饱
二胡京胡还有笛子
负责歌舞升平
竹篮徒劳打水
吹火筒火上浇油
贫富贵贱截然不同
它们与它们
曾经是一家人

2022.03.05

滔滔不绝

在祖国南方
在幕阜山下龙港
滔滔不绝
不用怀疑的

山高水长
百川汇流
弱水三千
只取一瓢
祖祖辈辈的汗
的泪
的血
从不吝啬的

稻田麦地的萤火虫
天上的星星月亮
也滔滔不绝
说四季
说轮回
说幻想
说神秘

2022.03.05

真相大白

清塘清出乌鳢
屙屎屙出蛔虫
一年辛辛苦苦
结果还是超支
家大口阔
不缺端锅碗瓢盆的
缺拿锄头扁担的

一地鸡毛
又一地鸡毛
莫非鸡毛掸子散了
鸡垂头丧气
跟得了鸡瘟似的
有冤无处诉
有苦说不出

狗急跳墙
不是慌张
是仓皇
坏了坏了
江老师来了
要命的来了
他得意扬扬
嘴上叼根烟
手上拎条麻袋

2022.03.06

蹑手蹑脚

蚂蟥叮人
猫捉老鼠
乌鳢吃鳑鲏
黄鼠狼给鸡拜年

陈早香很漂亮
上学路上
放学路上
好多男同学
都想靠近她

靠近了，靠近了
有时是影子
有时是眼神
有时是一阵风
捎来她发梢的香气

2022.03.06

移风易俗

呼啸而来
一阵风无孔不入
易俗易如反掌

譬如说
夫妻不可以卿卿我我
彼此要称同志

譬如说
留分头是封资修
理平头好
最好剃光头

譬如说
要过革命化春节
大年初一一早下地
修地球
有时修成方的
有时修成圆的

2022.03.06

拖拖拉拉

影射趿拖鞋的吧
又花钱又走不快
脚趾头时不时闹别扭
打赤脚的看不惯
穿布鞋的瞧不起
看看
这个趿拖鞋的

影射开拖拉机的吧
费了老半天工夫
就是打不着火
沟沟坎坎
走走停停
还不如老牛拖破车

都不是
未必是说我本人
对不起
我是没吃饱没睡足
身体欠佳
我不接受批评

2022.03.07

骑虎难下

骑树难下
骑墙难下
骑上山顶难下
兴奋劲过去了
天黑看不见路了
深山里的老虎
该不会神出鬼没吧

考试考第一
连续考第一
难下！真难下
不许骄傲
不许松劲
嗯？不行了吧
只怕是只纸老虎
不是真老虎

2022.03.07

风声四起

风声四起
谣言四起
伏兵四起
它起它的
响应者寥寥

农民不理会风声谣言伏兵
理会庄稼
绿油油的栽下去
倒伏了的扶起来
喂吃的喂喝的
秋天留下秸秆
取走精华

孩子们兴致勃勃
有的玩虾子
有的玩泥巴
田里沟里的虾子们
也在玩泥巴
不理会风声
不理会狮子座流星雨

婴儿玩手指
有时吮吮

有时啃啃
不理会风声
不理会狮子座流星雨

2022.03.07

方向盘手术刀

当时情况是这样的
动口不如动手
病从口入
祸从口出
动口看似简单
蕴藏极大风险

当时老师算老几
哦！吃粉笔灰的

动手也有讲究
要么动又大又圆的
动方向盘
要么动又小又扁的
动手术刀
吃香呀讨好呀
哪个不眼红呀
找对象都好找多了

当时情况是这样的
没有“电老虎”“金钱豹”
没有公务员程序员
锄头扁担当然有的
家家户户都有

修地球人人都会
又不是修车修身体
又能有什么盼头出息

2022.03.08

吃货的世界

锄头呱呱坠地
一心修理地球
吃沙吃土
吃草根树蔸
吃顽石
不时崩掉门牙
崩出缺口

镰刀妇道人家
跟秸秆较上劲了
吃了麦子吃谷子
吃了上顿没下顿
有时穷极无聊
刷刷牙洗洗脸
静候主人召见

柴刀才疏学浅
吃杂木灌木
吃茅杆吃毛竹
吃出扁担箩筐
吃出吹火筒
成为火焰帮凶

菜刀嘛当然吃菜

刘姥姥家穷
一般吃素
不一般吃荤
贾府作不得假
吃了山珍吃海味
因为吃得太好
脸上油光光的
搞得跟杨贵妃似的

2022.03.08

远山远水

九节兰居住在九重深山
凤凰不鸣
杜鹃不开
山泉水絮叨婴儿语言

山尖尖凿破太阳
流一地蛋黄
凿破月亮
流一地蛋白

一年一度
大雁来自江西
见过江东父老
随即匆匆离去
留下晃动与遐思
猜不透的流言蜚语

2022.03.09

扑朔迷离

清朝清清楚楚
明朝明明白白
龙港呢
龙港为什么叫龙港

龙出没的港口吗
看山看水
看不出痕迹
也许有的
也许在侏罗纪
那时没有太史公
没有《史记》

龙港有面积、人口
街道、村湾
有行政编制
没有龙山
没有龙水
没有龙姓儿女
刘某龙、陈某龙
张某龙、李某龙
倒是蛮多蛮常见的

2022.03.09

仰望小红山

隔着梅家河
那边是黑门楼
这边是小红山

山不高
崇山峻岭的小弟弟
龙港人民的小哨兵
山下有稻田、麦地
人间与炊烟
山上有泡桐、枇杷
马尾松、野蔷薇
有萤火虫
也有磷火
一闪一闪的
在黑黝黝夜里

有纪念碑
有烈士墓
有壕沟
野草丛生
都说是红军战壕
有子弹头子弹壳
锈迹斑斑
都说是红军留下的

有台阶
从流汗通往流血
从平凡通往不平凡
一共 237 级吗
是的。老同学们异口同声
是的！是的！

2022.03.09

乌合之众

受风受雷电召唤
被风被雷电驱赶
乌云驾临乡村
一来一大群
熟悉的陌生人

惊弓之鸟
漏网之鱼
乌云驾临乡村
一来一大群
一个个臃肿笨拙
有的怀孕了
眼看就要临产
有的还是小仙女呢
穿了怪衣裳
化了浓妆

2022.03.09

淋雨是亲切的

是命中注定的
是无可奈何的
是走过路过没错过的
淋雨是亲切的

在家乡在少年
在上学放学途中
在插秧砍柴路上
一个人在荒郊野外
天说黑就黑了
雨说下就下了
那情景，你能忘吗
你哭了吗
哭了又笑了吗
淋雨是亲切的

淋雨是亲切的
那扑面而来的意外
那忍耐与坚强
那峰回路转豁然开朗
那惠风暖阳彩虹的奖赏
那过去的好时光

2022.03.09

公鸡不容易

一要嘹亮
二要漂亮
三要亮剑
不许坏分子捣乱
四要当好班长
带母鸡幸福成长
注意雨露均沾
不专宠女英、鹅皇

太嘹亮也是祸根
老爷爷心头一烦
黄鼠狼跟踪走访
你不下地狱
谁下地狱

太漂亮也是祸根
放学回家
小姑娘缠上妈妈
妈妈，我要踢毽子
给我做毽子
给我做漂亮毽子

2022.03.10

扁担箩筐

扁担是旧的
箩筐是新的
扁担与箩筐
都是龙港土生土长的
扁担是箩筐的叔叔
箩筐是扁担的亲侄子

扁担是箩筐的亲爸爸
不会吗
会的，会的
大概，也许，可能
概率略低一点点

扁担吱吱
箩筐晃晃
有时挑 60 斤麦子
有时挑 80 斤谷子
有时挑 100 斤红薯
有时挑一对娃娃
到官庄外婆家去呢

娃娃一大一小
一个爱哭一个爱笑
会不会是双胞胎呢

会的，会的
大概，也许，可能
概率略低一点点

2022.03.10

可以的

开口向小溪小沟借水
借出活力生机
为开枝散叶硕果累累
举办沉默的奠基礼
可以的

打扰打谷场上的光与亮
蝴蝶与蜻蜓的双人舞
抽一小捆柔软金黄
垫在床上
垫在鞋底
安慰家人和自己
可以的

陈早香家的牵牛花
偷偷溜过你家篱笆
开一朵又一朵
蓝白相间的小喇叭
美！近在咫尺的美
你对谁都不说
心里美滋滋的
美上好一阵子呢
可以的

2022.03.11

遗失的世界

交头接耳勾肩搭背的
是狗尾巴草
不是鸡冠花
鸡冠花点头，微笑
不说话

禁不住柳条勾引鱼钩诱惑的
是餐条鱼
不是红花鳍
红花鳍是彩虹下凡
智商情商非同凡响

坐没坐相站没站相的
男生女生
多了去了
不是官庄的陈早香
老师夸她问她
她说她爱九节兰
爱它的芬芳与挺拔

2022.03.11

天黑黑

天黑黑
黑得像锅底
我们满心欢喜
有萤火虫的夜里

天黑黑
黑得像锅底
我们满心欢喜
有莵子火的夜里

天黑黑
黑得像锅底
我们满心欢喜
有好消息的夜里
我们睁眼闭眼
满世界一片鱼肚白

2022.03.12

青石板

青石板躺在梅家桥桥面
青石板铺在梅家河河边
青石板撑起龙港街
半壁江山
其余交给木头、砖头、瓦片

从哪里来的
也许是青山
也许是荒山
憨憨的哑巴
问不出籍贯
往哪里去呢
来了就不走了
一辈子就这样交代了

又大又发亮的青石板
定居在龙港卫生院
费师母家对面
大热天
人热得透不过气
我躺着
她坐着
不住地啰唆
啧啧！这孩子气色不好

气色不好

这是半个世纪前的画面
我活着
她活着
大青石板活着
大热天
我们都热出了一身汗

2022.03.12

风继续吹

邻居家的门虚掩着
可以推门进去
一探贫富虚实
可以掀锅盖
不可以掀被窝

可以穿破穿烂
不可以裸体
在家也不可以
在被窝里可以

别人碗里的菜
有的可以夹一筷子
有的不可以
臭豆腐可以
红烧肉不可以

可以摸男娃的头
不可以摸女娃的
除非你本人
也是个女的

可以相亲
可以提亲

不可以亲上加亲
听说达尔文这么说过
生物老师刘正义证实
达尔文确实说过又错过

2022.03.12

遍地风流

香樟堂堂正正
君子风骨俨然
耐热又耐寒
小人与蚊蝇退避三舍
书生进京赶考
外放做官
一口两口樟木箱
两颗三颗樟脑丸

香椿证实春天
浅红嫩绿眼前
烟熏火燎
土锅土灶
叮当作响
吐出生活的奖赏

秋天来了
月亮圆了
香桂香了
农夫丢下田野
诗人丢下书卷
来到香桂树下
牛郎与织女
太白与东坡

回到香桂树下
老友重逢
点头致意
似乎说着什么
乌鹊绕树三匝
不肯离去
似乎听见了什么

2022.03.12

跪搓衣板

惩罚不作为乱作为
农民比皇帝
更有想象力
不消说得了
去！跪搓衣板

乖乖！刑具现成
方法简单
刑期可长可短
重罪行更重表现

可以面壁
壁上有可疑痕迹
可以面门面窗
东张西望
可以闭眼
眼不见心不烦
可以睁一只眼闭一只眼
可以学一学猫头鹰

可以学一学猫头鹰
一声不吭
飞不见了
不见了就不见了

等会回家见面
老的少的
睁一只眼闭一只眼

2022.03.13

红红火火

红薯
红萝卜
红辣椒
炉火烧得通红
烧火的掌勺的
脸上红彤彤的

四月五月
满山红红了
红了一面坡
一座山
一群山
龙港街端坐火焰中
神态安详
八风不动
少年不言不语
内心有几分骚动

2022.03.13

从前的蚂蚁

颇有江湖地位
小块头大智慧
抱团力量不容小觑

蚂蚁离得开人
人离不开蚂蚁
注意！要变天了
要地震了
要杀生了
你小心走路
不要伤天害理

蚂蚁善良
蚂蚁勤快
蚂蚁有本事有纪律
寓意里连环画里
每一只蚂蚁
都天生自带光环
我爱蚂蚁

我爱蚂蚁
我呆呆看着它
看着它们
搬米粒

搬苍蝇
搬家
一看一分钟
一小时
一整天
一整个童年

唉！后来
我渐渐变了
后来我渐渐老了

2022.03.13

打屁虫凶凶

看起来是善良的
小兔子乖乖
什么的
小兔子急了咬人
打屁虫急了打屁

臭大姐大姐大
臭气经久不息
你洗你洗你洗洗洗
你洗脱一层皮
臭气经久不息
类似于狐臭
你洗脱一层皮
臭气经久不息

你这个小朋友
你不招它惹它
不就行啦

不是的
不是这么回事
我摘花
它跟花亲嘴巴
我拔草

它跟草说悄悄话
我走路我发呆
它意外发生撞机事件

2022.03.13

天　牛

水牛黄牛犀牛天牛
天牛吃饱喝足
心满意足
开始走路
开始飞
累了休息一会

我们读书读累了
也休息一会

它有长长的触须
虾子也有呀
虾子为什么不叫天牛
这小不点也称天牛
那天马、天象、天龙
又是什么样子呢

用一根稻草喂它
它不吃
审问它
它不回答
再审再问
它生气远走高飞了

2022.03.13

见到了

至阴至暗之处
去年幸存的冰凌
憋住一口气
见到了新鲜的雨水

头胎雨水
羞答答的
从前的自己

几只小蝌蚪
见到了妈妈
几只小蝌蚪
没有见到妈妈

生活
就是斗争
每一只蝌蚪
每一只青蛙
一刻不停挣扎

脑瘫的孩子
有手有脚
有明亮眼睛
醒来第一件事

就是打开窗子

打开窗子
见到阳光
见到自由的模样
见到大大小小天堂
许个愿吧
总有一天
彩虹与鸿雁
会来到身旁

2022.03.17

观棋不语

公鸡欺负母鸡
公鸭欺负母鸭
看家狗不管

吃葡萄不吐葡萄皮
哥哥姐姐不管

褂子掉个扣子
裤子破个洞
母亲不管

偷烟抽偷酒喝
父亲不管

张三偷鸡李四摸狗
隔壁老王不管

天要下雨娘要嫁人
玉皇大帝不管

2022.03.17

山水人家

苍耳与金樱子
名门望族
住在山上
不住山下
据说是远房亲戚
一个个刺头刺脑
天不怕地不怕
天皇老子招它惹它
都得付出代价

灯笼果与蛇莓
看起来柔弱无力
又有几分姿色
伊豆的舞女
想看看吧
想摸摸吧
不能尝
小心中毒

枸骨子
十足野汉子
匈奴人基因
城堡鳞次栉比
四角筑起炮楼

霸气侧漏
不输天牛

橡子有漂亮的帽子
圆溜溜的身子
好可爱的小孩子
陈早香的铅笔盒
悄悄收养了好几个呢

2022.03.18

金樱子

金樱子
不是放大版的苍耳
苍耳只会搭顺风车
只会害人
金樱子又害人
又养人

我爱金樱子
从小就爱
爱来爱去
爱成诗人

躺在床上上网
网住金樱子
想起金铃子
哦！不是懒苦瓜
是天真烂漫的一个人
名叫金铃子

她也爱金樱子吗
或者她有个姐姐妹妹
名叫金樱子

2022.03.18

山下水库山上林场

砌一座土坝
关一扇铁门
截留不羁的风与水
保佑农耕社会

开门办学
一学到底
又上了山
又开了荒
又一声不吭
给牛郎配上了织女
前山垅水库
前山垅林场

因为爱
所以不自在
因为流血流汗
所以怀念
因为校长许过的愿
许过一遍又一遍

林场是学校的
也是学生的
将来你们成人结婚

可以半买半送
十棵杉树
十斤茶叶
十斤鱼

学校还在
师生与问答烟消云散
水库与林场还在
当年栽下的杉树、茶叶
投放的鱼苗
如果还在
只怕成精成怪了吧

2022.03.19

猪吃百样草，人呢

猪吃百样草
看你找不找
人呢
人未必不如猪

野蔷薇的刺生子
苞茅草的嫩杆子
金樱子的果实
可以吃
糖分多过淀粉

田里的螺蛳
沟里的螃蟹
可以吃
把点油把点盐
味道更鲜

满山红可以看
可以吃
摘下花瓣
掐掉花蕊
揉成一团
然后开吃
酸中有点甜

甜中带点酸

靠山吃山
靠水吃水
听老一辈说
观音土也可以吃

您说得一本正经的
未必亲口尝过

没有没有
当然没有
小时候听老一辈说过

2022.03.19

人有四两嘴有半斤

人有四两
嘴有半斤

狗掀门帘
全靠一张嘴

嘴劲！你再嘴
小心切下来
当下酒菜

2022.03.20

两点一线

从龙港卫生院
到彭杨学校
两点一线

从龙港卫生院
到龙港高中
两点一线

出前门到小红山
两点一线

出后门到梅家河
两点一线

从天上的云彩
到地上的昆虫
两点一线

从伤口到伤害
两点一线

从伤害到沉默
两点一线

从龙港街
到外面的世界
两点一线

从台下到台上
两点一线

从沉默到诉说
两点一线

从孤零零的我
到孤零零的你
两点一线

2022.03.20

大马路

见牛，不见马
偶尔见马家亲戚
落单的黑蚂蚁
结队的黄蚂蚁
胆大的蚂蟥过马路
费了很大力气
换块水田碰碰运气

杨树领着柳树
石子领着沙子
来此插队落户
也不清楚
是一阵子
是一辈子

赤脚医生
赤脚学生
赤脚大仙
随处可见
赤脚的不怕穿鞋的
怕什么呢
怕只怕脚板上的老茧
不够厚呢

2022.03.20

天井与水井

天井养天
水井养水
养青苔、青石板
养滋润与灵性
养出寂寞
在细雨微风中
一个人无依无靠
只好回到内心

内心是一口天井
是一口水井
养空荡
也养清凉
养看见
也养听见
从小养到老
养成了怀念

2022.03.20

陀螺的一生

挨完刀子挨鞭子
一大波欢乐
驱动一种痛苦
你呀你呀
不幸的陀螺
你颜值太高
你藏得不好
你与王昭君
得了同一种病

你跳芭蕾
一次次死而复生
一次次磨破鞋底
你跳芭蕾
有形的鞭子
无形的鞭子
你跳芭蕾
地球也跳芭蕾
太阳无声命令
万有引力执行
自转，公转
一年转一个整圈
转了大约 46 亿年

2022.03.20

未解之谜

沧桑大地
未解之谜成堆
从哪里来
往哪里去之类
太玄太复杂
一个乡下人
活到 70 岁
也不一定想过几回

说点简单的
随时可见的
譬如说
梅家河的鹅卵石
为何叫鹅卵石
为何不叫鸭卵石
毕竟在弯弯曲曲的梅家河
鸭子比鹅多
鸭蛋大小的石头
比鹅蛋大小的石头多

骆宾王喜欢鹅
苏东坡喜欢鸭子
这跟鹅卵石的命名
似乎沾不上边

鸭子是驱逐舰
鹅是巡洋舰
鹅卵石是乖乖的观众
往上，再往上
是空空荡荡的天空
云朵是驱逐舰
云团是巡洋舰
小伙伴们是乖乖的观众

2022.03.20

一般而言

水田是生产队的
也是自然界的
泥鳅与黄鳝
鲫鱼与螺蛳
土生土长
安全是有保障的
春秋季节注意搬家
其他的不在话下

民房是农民的
也是自然界的
屋檐下的麻雀与蝙蝠
土生土长
安全是有保障的
至于燕子
是稀客又是贵客
请都请不来呢

龙港街上人来人往
蚁来蚁往
猫打老鼠的埋伏
老鼠打壁虎的埋伏
壁虎打蚊子的埋伏
蚊子打人的埋伏

都讨一口饭吃
君子小人不分
该动口动口
该动手动手
一般而言
不会记仇

2022.03.20

喇叭响了

喇叭响了
事情来了

一些人热血沸腾
一些人心惊胆战
一些人又要忙一阵子了
一些人又一次
做好了心理准备

也有小意外小惊喜
今晚 7 点
飞跃 6 队打谷场
放映《多瑙河之波》

2022.03.20

一地鸡毛

一地鸡毛
又一地鸡毛
一头是怒骂
一头是冷笑
公鸡母鸡
大鸡小鸡
一个个呆若木鸡

加勒比海盗
英俊又潇洒
作案如做家常便饭
恨它的夸它的
半斤八两吧
羡慕它的呢
不只是老鼠与狼吧

蒲松龄也羡慕它
19 种精怪
倒有 84 只狐仙
老人家一生的遗憾
怕是没邂逅青梅、鸦头
还有娇娜吧

2022.03.20

虾子吃泥巴吗

大鱼吃小鱼
小鱼吃虾子
虾子吃泥巴
在龙港街
老老少少都这么说

从从前到以后
他们都这么说
只剩下一口气
他们都这么说

如此说来
大鱼不吃小鱼
小鱼不吃虾子
虾子不吃泥巴
只怕是不行的
不吃不足以平民愤

2022.03.20

人一多

人一多
山水就渺小了
红花绿叶就不自在了
萤火虫拍拍屁股
不辞而别了

快了，快了
房子占领山头了
院子插足滩头了
水泥霸占泥水
泥水一退再退
在某诗人的手机上
尚保留一席之地

2022.03.20

一口水井

一口水井
不是另一口水井

一口水井敞开衣领
敞开心扉
你可以走近
坦然走近
可以一眼看到底
可以放心
可以一高兴亲它一口

另一口水井
始终阴森森的
像一个阴谋
孤坟野鬼
前朝的太监
准备伸手拉你
报它积蓄的仇与冤

一口水井
不是另一口水井
一个人
不是另一个人

也有人说
如今的你
不是从前的你

2022.03.23

亩

亩
不是某
某生活在风花雪月
亩扎根在农耕社会

亩
命根子之根
量词之冠
人平加上亩产
悲哀与幸福之源

田埂、沟渠
水田、旱地
犁、耙、锄、镰
十八般武艺
好把式与好力气
以亩为舞台
年复一年演出

三月的紫云英
好看
六月的耘田蔸
好吃
双抢季来了

起早贪黑
好累好累

跑一个马拉松
插 10 亩秧
割 10 亩谷
哪个更累一些
似乎没人想过
似乎没人比试过

2022.03.23

万花筒

太不可思议
太魔幻
摇一摇，北京
摇一摇，上海
摇一摇，广州
摇一摇，深圳
嘘！你别提醒
深圳还没有出生
就像我不提醒
亲爱的你
还没有出生

霓虹灯闪闪烁烁
峰回路转
桃花源近在眼前
万紫千红
花花世界
看不见伤心与伤痛
街上没讨米的
河里没跳水的
大喇叭播放小夜曲
不播放气势汹汹口号

静一静

摇一摇
一波又一波美好

甚至能看见银河
看见来世
看见妈妈小声念叨的
流奶与蜜之地

2022.03.27

木　偶

木偶木着脸
行走人世间
有一根线
若隐若现

木偶对木偶
点头，弯腰，离去
不笑，不回头

大木偶指手画脚
对小木偶
小木偶指手画脚
对一堆木头

有时对一棵树
有时对一株苗
有时对一粒种子

2022.03.27

乌鸦颂

一大堆乌云
一大堆哥萨克骑兵
念咒语
喊一声乌拉
掠过古老星球
松弛的皮肤

给胆小鬼送上惊
给觑觎者送上喜
给豺狼虎豹送上疼痛
给鹰隼送上眼药水
看清楚！鸟上有鸟
天外有天

乌鸦智商超群
身手敏捷
在江湖上排名
略低于加勒比海盗
略高于伦敦塔

2022.03.28

默片片断

燕子归巢
毽子飞上了天
开元通宝
芦花大公鸡
胖乎乎的女孩子
飞上了天
欢呼雀跃的女孩子
你呀，你呀
好多好多年前
你是我的祖母、母亲
好多好多年后
你是我喜出望外的新娘

2022.05.10

默片片断（续一）

羊毛来自远方
甘肃、青海、新疆
最细最长的一缕
听说来自月亮
棒针来自山上
温柔夹杂倔犟
小姑娘织毛衣
黄昏黎明
一针一线
一件毛衣织成了
小姑娘长大成人了

一件毛衣
两个人
她是谁呀，他是谁呀
可以摸，可以吻
可以拍打，可以折叠
放进心里
放进行李箱
可以转交
也可以邮寄
可以拆了散了
也可以付之一炬

她是谁呀，他是谁呀
她该多温柔，多倔犟
他该多幸运，多残忍

2022.05.10

默片片断（续二）

绣花要花心思
无脑一族、大笨蛋
恐怕不行
心灵然后手巧
慧根结出精灵
无脑一族、大笨蛋
恐怕不行

绣花要有花样
芍药不是牡丹
罂粟不是虞美人
许仙配不上七仙女
可不可以胸有成竹
可以
十年如一日顶风冒雨
观察仔细
然后可以

针要好，线要好
绸缎布料要好
王老虎不抢亲
黄世仁不上门
衣食无忧
净手焚香

创作锦绣诗文

大家闺秀，小家碧玉
屋顶有亮瓦
对面有纱窗
手头有红楼，有西厢
如此这般
好了好了
你青春的叙述与记忆
可以开始了

2022.05.15

山内山外

海带与带鱼
带来大海
海鸥与帆船
胡萝卜与西红柿
带来波斯人、印第安人
山里人胃口
一时难以接受
拖拉机大摇大摆
十足黑旋风脾气
吓跑家禽家畜
带来轰鸣与商品
农药与化肥
的确良与毛哔叽
一波又一波涟漪
晃荡70年代中期

知青从山外来
不坐拖拉机
坐解放牌
一个个白白净净
高高帅帅
形象好
习惯不好
能不能吃苦受累

能不能一眼分清
小麦与韭菜
围观的乡亲们
偶尔问问
并非真正关心

2022.05.19

偶尔想起蚂蟥

解放了
农民的死敌
只剩下蚂蟥了
蚂蟥这个吸血鬼
吸血歇斯底里
可怜农民伯伯
胖子吸成瘦子
瘦子吸成一张皮

那个恨
咬牙切齿
孩子们提住蚂蟥
不庭审不录口供
动辄动用私刑
场面过于血腥
温室里的花朵
花容失色
一个个绕道而行

如今时过境迁
大田机械化作业
不用拖泥带水
蚂蟥的生计
孩子们的游戏
又该何去何从呢

2022.05.19

蚂蟥绳是个么斯绳

考龙港方言
龙港口音
销魂剑一出
统统露出原形

蚂蟥绳是个么斯绳

草绳、麻绳、钢丝绳
越捆越高级
或捆越紧
杨白劳辛辛苦苦一年
买了根红头绳
捆住了辛酸与仇恨

蚂蟥绳是个么斯绳

用蚂蟥制作的绳子吗
非也
用来捆蚂蟥的绳子吗
非也
你成心跟我过不去是吧
非也

蚂蟥绳

就是松紧带呀
龙港人民的想象力
出神入化
由此可见一斑

2022.05.24

幸福记忆

泡米泡用红糖
煮荷包蛋用红糖
给产妇与病人补充营养
用红糖
不用白糖
不用葡萄糖

一斤红糖
可兑出一吨幸福
或者两吨、三吨
因人而异的

蜜甜呐！幸福的人
飘飘然
身轻如燕
止不住呢喃

2022.06.20

打水漂

不花钱
也可以表演
也可以看表演
也可以不言不语
不驱动文字
只驱动顿号、逗句
疑问号、感叹号
驱动碰碰车车祸现场
驱动乡村少年
逃避课本、作业
锄头、扁担
暗淡与苦恼
逃进明亮的片断

逃吧！几米、十几米远
几个、十几个跳跃
与高高在上的那些人
与无处不在的地球引力
掰掰手腕
看，自己的手臂与力气
是不错的
眼光与运气
有时还是有的

打水漂
小小的涟漪
小小的风暴
小小少年
不经意间
明亮的片断

2022.07.03

斗虫记

在农村广阔天地
斗天斗地斗人
斗一阵歇一阵
惊心动魄
其乐无穷

斗虫则不同
小打小闹
只有进行时
没有间歇期
斗田里稻飞虱、棉铃虫
斗水里蚂蟥、血吸虫
斗头上的虱子
肚子里的蛔虫
斗天上人间
神出鬼没的蚊子
白天像战斗机
晚上像轰炸机
蚊帐与蚊香
防不胜防
不能从根本解决问题

老老少少
斗去斗来

精疲力尽
谣言四起
吸血的是母蚊子
公蚊子不吸血
一个个文质彬彬的

妇女能顶半边天
农村的妇女
也不是省油的灯
一时群情激愤
顿时转移目标
斗起自己的男人

2022.07.16

被辜负的少年

钓鱼
没钓起红鲤鱼

捉蜻蜓
没捉过红蜻蜓

采兰花
没采到九节兰

骑牛
没敢骑大牯牛
骑母牛
还是别人扶上去的

跟陈早香同桌
偷看过无数回背影
不敢揪她的辫子
不敢偷看她的笔记本
不敢在她的铅笔盒放青蛙

2022.07.16

像皇帝

满山红开了
嫩嫩的
艳艳的
少年花丛中徜徉
无忧也无虑
不急也不躁
想采哪朵采哪朵
像皇帝

稻田灌水
池塘放水
少年恰好路过
数不清上水之鲫
密密麻麻
青青黄黄的脊背
冲锋陷阵的军队
想看多久看多久
像皇帝

要变天了
要下雨了
要涨水了
蚂蚁们拖家带口
慌不择路逃难

少年袖手旁观
不帮忙不添乱
不以黎民苍生为念
像皇帝

2022.07.16

秋收后的稻田

放假后的校园
洪灾后的家园
看了无数遍的连环画
翻到最后几页
好人老了
坏人老了
他们的故事
炒得发黄发黑了
不再萌芽了

三株两株青草
探头探脑
三只两只昆虫
东游西逛
瞧！这些前朝的宫女、太监
一两颗谷粒
都没留下吗
一两个龙子龙孙
都没幸存吗

2022.07.16

暴雨如注

瓦屋一族有些慌
茅屋一族有些乱
荒郊野外一族有些狼狈
有些落水狗
有些落汤鸡

落着落着
不再落了
落了个从容不迫
豪情油然而生
不管风吹浪打
胜似闲庭信步

暴雨如注
究竟有些好处
不出工了
不上学了
长辈们熄火了
鸡与犬傻呆呆的
不造反了
慢悠悠的光阴
回到少年身边

2022.07.17

四芳邻

非谢家之宝树
接孟氏之芳邻
松柏杨柳
四芳邻

一热烈
一冷静
一潇洒
一多情

松为梁
守在阳间
柏为棺
陪在阴间
杨好礼
可为师表
柳殷勤
照顾心情

好山好水
好乡村
好日子
德不孤
必有邻
四芳邻
2022.07.17

刮大风了

稻子麦子的舞蹈
由文静趋于狂野
不好了不好了
这不是肢体语言
是垂死挣扎

鸟与兽
野生的家养的
是明智又灵敏的
见势不妙仓皇散去
不留丝毫现场证据

大姑娘小媳妇心底里
似乎起了波澜
晾在院子的花衣裳
又挣又打
似乎准备跑路了

快收衣裳粮食
快关门关窗
老爷爷老奶奶
并没有老糊涂
服气吧
姜还是老的辣呀

2022.07.17

马尾松情史

马尾松松松垮垮
先天不足似的
后天失调似的
也难怪
贫瘠的乱坟岗上
生不出挺拔白杨
养不活柔顺垂柳
只能对付对付
丑八怪马尾松

野百合也有春天
丑八怪也有人爱
松毛虫
褐天牛
大袋蛾
金龟子
红蜘蛛
一个个争先恐后
扑上身来
像西门庆碰上潘金莲似的

2022.07.17

大雾弥漫

墨水洒在纸上
酱油倒进汤里
一串串鞭炮炸个不停
在大街小巷
气体与气体纠缠
尘埃与尘埃联欢
大雾弥漫

大雾弥漫
撞人的撞树的撞电线杆的
咚咚咚接连不断
大众食堂、农贸市场
该不会出现纠纷吧
取经师徒与劫路妖怪
同时按下暂停键

大雾弥漫
天上人间
亲仇恩怨
若即若离
若隐若现

2022.07.20

清　脆

同学们，听好了
下面造句
用清脆描述乡村

早春时节
一粒粒清脆鸟鸣
敲醒了沉睡的乡村

嗯，不错
你家没养鸡养狗吗

昨晚我太饿了
偷偷打开奶奶的铁皮罐子
咬下一小块冰糖
清脆的声音
吓了我一跳

可怜的孩子
好大胆，好勇敢

冬天来了
家家户户屋檐下
挂满了冰凌
我伸手摘下来

使劲咬一口
又清又脆

好胃口！不讲卫生
小心拉肚子

2022.07.20

耳闻目睹

有草原有牛羊
在辽阔的北方
有红豆有甘蔗
在温暖的南方
有果脯
在首都北京
有热干面
在省会武汉
有 3 分钱一根的雪糕
在县城兴国镇
3 分钱一根太贵了
一盒火柴只要两分钱

有番茄
又名西红柿
在姐姐插队的富水农场
番茄蛋汤
也是 3 分钱一碗
又红又黄
又甜又酸
又呈现了现实
又寄托了理想

2022.07.22

大蒜苗必须炒肉

小葱可以拌豆腐
辣椒可以炒茄子
大蒜苗必须炒肉
寒冬腊月
快过年了
大蒜苗不炒肉
炒白菜、萝卜吗

可以炒新鲜肉
可以炒腊肉
实在不行
可以炒猪油渣
咬一口嘎嘣脆
香味传出去十里八里

大蒜苗必须炒肉
一年勤扒苦做
总得有个盼头吧

2022.07.22

大锅饭香喷喷

好呀
蛮香的
蛮热闹的
热气腾腾的
工友农友战友
窜来窜去的小朋友
欢天喜地的
热热闹闹的
全扎堆了
也不开会
也不鼓掌
就是一个字：吃
你说好不好吧

穷归穷
大庭广众之下
大锅饭不会太寒酸
荤素搭配
素菜为主
鱼肉作陪
四菜一汤
六菜一汤
八菜一汤
十菜一汤

打住，打住
越说越荒唐了
朋友，醒醒
我说的是 20 世纪 70 年代
不是此时此刻朋友圈

补充说明如下
大锅饭是个待遇
吃大锅饭是个机遇
文质彬彬是不行的
抢字当头，不怕丑
快字当头，不怕烫
舀鸡蛋汤
要一竿子插到底
不要只做表面文章

2022.07.23

家教故事

吃饭嘛
难免磕到几粒沙子
老一辈如是说

一边说
一边吐沙子
干干净净的沙子
不沾米粒菜叶的沙子

有饭吃就不错了
这句话说没说呢
门外尽是风雨声
门内尽是咀嚼声

2022.07.23

马尾巴的功能

说起马尾巴的功能
你不笑
你无语
你无动于衷
你真年轻
你错过了不过思议的
1975 年

1975 年
开门办学之年
围湖造田之年
开荒种地之年
不读书之年
马尾巴的功能
欲说还休之年
教授的头衔
贬得一无是处之年
1975 年
我们似乎不再懵懂
似乎尚未成年

少谈马
多谈猪和牛
是谁说的

猪太脏了
牛太笨了
谈去谈来
新鲜的名词
一成不变的日子

2022.07.23

一口樟木箱

一口樟木箱
放在五斗柜上
不踩在凳子上
是够不着的
没有钥匙
是打不开的

一口樟木箱
一个人的心房

走亲访友
深入内室
一抬头
看见樟木箱
穿红衣裳
不穿绿衣裳
自带天然的芳香
不打开
也能闻到的
闻不到
也会想到的

里面有没有全家福
有没有传家宝

有没有几封远方来信
有没有当年的嫁妆
奶奶的、妈妈的
或者为女儿备下的
有心人
可以想想
可以问问的

一口樟木箱
一个时代的念想

2022.07.28

大蒲扇扇动盛夏

用一股热风
驱逐另一股热风
用外来的热
驱逐内生的热
奶奶挥动大蒲扇
孙子们围在身边
扇子吧嗒吧嗒
大家一言不发
在烈日炎炎盛夏

往往在堂屋
往往在晌午
往往父母忙进忙出
奶奶挥动大蒲扇
爷爷叼着竹烟袋
保佑孙子们成长平安

能不能换个场景
爷爷奶奶、孙儿孙女
人手一把大蒲扇
上下左右群魔乱舞
形成一个又一个
涡旋气流
想想吧

是够喜庆呢
是够荒诞呢

2022.07.28

有喜了

不是起新屋了
不是年终分红了
不是听到好消息了
不是参军招工了
不是见到心上人了

有喜了
就是怀孕了

一个个听说了
都欢欢喜喜的
只有当事人
一个人默默害喜

2022.07.28

车过下余

回龙港离龙港
车过下余
想起一个字：苦

炒苦瓜没焯水：苦
迟鱼迟破了胆：苦
吃奎宁治疟疾
咬破了糖衣：苦
勤工俭学
到下余煤矿挑煤下山：苦

苦！真苦
不是一般的苦
是苦的二次方
甚至三次方

回龙港离龙港
车过下余
一次次
忍不住打个冷颤

2022.07.28

家与乡

家住在乡里
爱住在情里
温饱住在汗水里
灶火住在眼睛里
死人住在活人心里

家住在乡里
蚂蚁住在蚁穴里
进进出出
忙里忙外
一眨眼就是一辈子
蚂蚁会迁居吗
会寻根吗
某年某月某日
会寻找某片荒土
默哀或者哭泣吗

2022.07.29

米

脱下粗糙外衣
露出白嫩嫩身体
米！可贵更珍贵
谷子的不归路
饭之前世今生
有米
不急
无米之炊
无穷大的悲剧

新米
陈米
细米
糙米
将就将就
有米下锅就不错了
借米，讨米
总是无奈之举
为了肚皮
厚着脸皮

颗粒归仓
饭粒归肚
谷与米与饭

各有各的命运
无言的结局
种田人
收谷人
干饭人
也大致如此

2022.07.30

豇豆有一对长辫子

不种豇豆的菜园
不是好菜园
菜园的女主人
要么太懒
要么太笨
要么严重缺乏诗情画意

攀援，依偎
练习芭蕾
豇豆有一对长辫子
有苗条身体
起风了
翩翩起舞
风停了
原地休息
吃点喝点
辫子又长了一厘米

菜园是个好菜园
豇豆有一对长辫子
木槿花手挽着手
居高临下
细细观察
辣椒茄子个子矮

踮起脚尖
看了又看
喂，兄弟
你是羡慕呢
还是好奇呢

2022.07.30

梅家桥

出卫生院后门
就是梅家河
就是梅家桥
梅家桥对着梅家山
右手是高中
高中有个敲钟的
左手是官庄
官庄有个生产队长

此外尽是稻田
绿油油的稻田
黄灿灿的稻田
空荡荡的稻田
干巴巴的稻田
人前一张脸
人后一张脸

梅家桥是中式的简装的
青石板是朴素的沉默的
哪里来的
不像来自梅家山的
人来车往
坏了又修
青石板换成水泥板

风雅颂换成大白话

乡亲们走过梅家桥
走着走着回来了
走着走着不见了
赤脚的换成穿鞋的
桥下的河水
越流越脏
脚上的鞋子
越穿越高级

桥边有一棵重阳木
老态龙钟
斑斑驳驳
也不清楚是清朝的
还是民国的
走近听一听
还有心跳
呼吸越来越微弱

2022.07.30

穿堂风穿过黑洞

穿堂风穿堂而过
带走炎热
带来清凉
它是个好心人呐
不图名不图利的
照顾乡亲们
从混沌初开
到海枯石烂

从山里来
从水里来
从街坊邻居家里来
也不厌累
也不厌麻烦
开门开窗
从门窗进来
关门关窗
从缝隙进来
针尖大的窟窿
斗大的风
你可以拒绝
日晒雨淋
痴情的小强小芳
拒绝不了穿堂风

拒绝不了土地
土地上的庄稼
房前屋后生生不息
狗尾巴草、鸡冠花
胖一点瘦一点
袅袅升起又飘散的炊烟

2022.07.30

修地球

修伞修鞋
修桌椅板凳
修锅碗瓢盆
修钟表钢笔
修锄头镰刀
修抽水机拖拉机
修地球
哈哈，厉害了吧
燕雀安知鸿鹄之志哉
一口气跃过屋顶山顶
一口气跃上银河系

修都江堰
修大运河
这都是老皇历了
不提也罢
学林县修灌渠
学大寨修梯田
唤醒了沉睡的高山
让那河流改变了模样

修王英水库
就是如今的仙岛湖呀
修网湖

赶走野鸭子野兔子
请来漂亮白天鹅
翩翩起舞
修富水渡槽
十里姻缘一线牵
光阴荏苒
遗迹斑斑
令人唏嘘不已

至于修砖修瓦
修桥修路
修水沟修田坎
职业农民家常便饭
不提也罢
听！杨子荣引吭高歌
八大金刚
无名鼠辈
更不值一谈

2022.07.31

苋菜就是汗菜

苋菜就是汗菜
大热天
大汗淋漓吃的菜
六月苋，赛鸡蛋
七月苋，金不换

红红的太阳
红红的菜汤
又好看又有营养
好几个人说
好多人都说
用洗澡水浇苋菜
越浇长得越旺盛

于是我们都浇了
浇了就去睡觉了
至于效果如何呢
一晃半个世纪过去了

2022.07.31

可以偷吃黄瓜

可以偷吃黄瓜
光天化日之下
走过路过
摘了吃了
不必做贼心虚
自然而然若无其事

主人看见就看见了
不至于吵嘴
不至于打架
不至于那样小气

同时也要注意
可以偷吃
不可以偷拿
偷拿性质就变了
你没学习哲学吗
量的积累
引起质的飞跃

2022.07.31

鸡窝煤

鸡窝在鸡窝里
鸡窝煤窝在大山里
光阴以千万年计
晨昏颠倒
不知猴年马月

掏耳朵屎费脑
挖鸡窝煤费力气
搞得不好
还费人命呢
一镐一筐
爬进爬出
一塌方
眼睛一黑

设施简陋
招工困难
交易平淡
经烧是经烧
烧起来麻烦
再说了
山里又不是没柴
屋里又不是没柴刀

2022.07.31

闻喇叭想起铁牛

铁牛不吃草
喝柴油
有时也尝点机油
好比一个人
有时也尝点胡椒味精

有力气
没脾气
不能长时间休息
休息时间长了
叫不叫得醒
是个问题

一头铁牛
相当几头水牛、黄牛
也是个问题
需要专班专题调研
才能交出答案

2022.07.31

心无旁骛

耕田，耘田
插秧，割谷
东想西想，左顾右盼
要出事的，要坏事的
农民不好当的
地球不好修的
你以为呢

心猿意马，五心不定
一心以为有鸿鹄将至
久而久之
危险呐！兄弟
可能堕落成二流子

向水牛学习
向桑蚕学习
它们随时随地
专心致志、一丝不苟的样子
不值得高等动物对照
三思而后行吗

2022.07.31

横行霸道

一般指黑老大
黑老大消失了
一般指螃蟹

螃蟹何其荣幸
一不小心
成了恶霸的代言人

横行是天生的
左撇子也是天生的
需要手术矫正吗
霸道从何谈起
河流纵横交错
不设标识标线
不设红绿灯

螃蟹大字不识一声不吭
一万年如一日
在梅家河横行霸道
运气好吃小鱼小虾
运气不好吃点水草
运气再差一点
嚼嚼泥巴
满嘴尽是腐殖质味道

2022.07.31

墙头上的草

悬崖边的树
墙头上的草
是什么草呢
最常见的
是狗尾巴草

吃，吃不好
喝，喝不好
先天不足，后天失调
归根到底一句话
命不好
命不好
自然招人嘲笑

莫说狗尾巴草了
就是灯芯草、灯笼草
兰花草、鸡冠花
站上墙头试试
鲁迅先生不是讲过
孔乙己的故事吗

看翻船的人
站在黄鹤楼上
说风凉话的人

站在危墙下
他们脚下的土地
似乎宽敞一些
结实一些
风雨袭来时
似乎有破旧的斗笠、蓑衣

2022.07.31

想起大头针

火车没来
大头针来了
70 年代有点奇怪

说是大头针
头有多大呢
千万不要认真

说是颗钉子吧
又出不了力
说是根针吧
又不能缝纫
当玩具吧又扎手
不行做鱼钩吧
试了又试
可以钓水里的大笨蛋
钓机灵鬼不行

哦！也不对
可以挑刺的
可以挑手上的脚上的
胸前的背后的
就是挑不了
眼里的心里的

2022.07.31

大寨就是亚克西

表演的天花板
骄傲的源泉
妈妈的白大褂
贴上彩色纸条
我摇身一变
变成了库尔班

我参观大寨回家乡哎
说不完的高兴话心里装哎

一阵风吹过
一次性完成
留下了什么
妈妈的笑容灿烂
闪耀在晴天阴天

我参观大寨回家乡哎
说不完的高兴话心里装哎

2022.07.31

猴年马月

一只锦鸡踱进我家院里
它有漂亮的羽毛
十足的好奇心
它仪态从容
主动与我年轻的父母
打了个友善招呼

它也没有忽略
篱笆上的木槿花
屋檐下的燕子
一一点头示意

当时是太平盛世
光阴是清澈的
走走停停
那只漂亮锦鸡
也许是它的使者
也许是它的化身

当时我还小
当时我还是个小宝宝
更有可能的是
我还不是个小宝宝

2022.07.31

回到从前

一

给我迎风流泪
给我午夜梦回
让我回到从前

给我无边的空虚与寂寞
给我一张纸、一支笔
让我回到从前

给我幕阜山下、朝阳河边的一寓
给我家徒四壁、坐井观天的日子
让我回到从前

二

我认清父母亲时
他们都年过半百了
我不抬头
也知道是谁回家了
我不睁眼
也知道他们还在忙碌

我也年过花甲了
我的儿子企鹅
比他们的儿子强强
瘦一点
也犟一点

三

无数次登上小红山
看纪念碑、烈士墓
看的次数多了
内心还有波澜

采摘过枇杷与蒗
竹笋与脚鸡禾
这红土地的馈赠
这下自成蹊的恩情

挖起过一个象形树根
藏在阁楼上
萌发了隐约的诗情
在 21 世纪开花

四

到梅家河划狗刨、寻桑叶、捉螃蟹
螃蟹被捉住了

吐着泡泡
骂骂咧咧

回想起来
祸从天降
蟹不聊生
抗议是有道理的

官庄的陈早香卷起裤腿
涉水过河
她的小腿真白呀
懵懂少年愣住了

五

养了两只九斤黄
一只喜欢乱跑
命名为巡逻鸡
是姐姐

一只好吃懒动
命名为大胖胖鸡
是弟弟

姐姐喜欢乱跑
跑到上海
弟弟好吃懒动
留在武汉

父母亲早就不在了
姐姐属鸡
早就儿孙绕膝了

2022.07.31

回故乡之路

从 106 国道转入大广高速
黑白与彩色纠缠不清
车过黄桥
视网膜泛黄
行人与车辆
小红山与梅家河
越来越不真实

红军街上静悄悄
方砖置换了青石板
红油漆刷新了门面
苦难与辉煌
在墙上张望
斗笠与蓑衣
吆喝与生意
出没于幽冥深处
大礼堂曲终人散
爱与恨、荣与辱
三缄其口
重阳木斑斑驳驳
还有一口气在
还在等待春天

山河岁月

日晒雨淋
哥哥这个外乡人
萎缩了，慈祥了
早已儿孙成群
依然中原口音
一个两个三个
四个五个六个
闻讯赶来了老同学
凋零的少
存活的多
一端起梦之蓝
一个个生龙活虎的
在摇摇欲坠的秋分时节
令人心醉又欣慰

去了趟卫生院
访问了自己的童年、少年
卫生院改文化馆了
爸爸妈妈去天堂了
太太说：细细一闻
还有熟地、当归、川芎的气味

2022.07.31